Wir Bonsfelder Kinder

Geschichten

Wir Bonsfelder Kinder

Rose Goldmann

2022

Layout: Alexander Kulbartsch

Herstellung und Verlag: BoD – Books on Demand, Norderstedt

ISBN: 978-3-7562-9239-4

Inhaltsverzeichnis

1 Vorwort

Viele schöne Geschichten über die Zeit von 1942 bis 1960, als wir alle noch Kinder waren, sind mir eingefallen, aber auch Gegebenheiten, zugetragen von Harald, Heinz und Dietmar, konnten meine Niederschrift ergänzen, dazu alte Bilder aus dem Album von Brigitte, und aus meinem Familienalbum. Über die dichterische Freiheit, die ich mir genommen habe, ist auch einiges hinzugefügt worden. Aber jede Geschichte hat einen wahren Kern und ist nicht veränderbar.

Die letzte Geschichte „Die Bonsfelder Schlittenfahrt" stammt aus der Feder von Christel Münchow, sie zeigt den Zusammenhalt von Jung und Alt.

Wenige unserer Jahrgänge sind verzogen, zum Beispiel Annemarie und Annegret wohnen heute in Nord-Deutschland. Bernd zog nach Mainz und Eckhard später ins Münsterland. Dietmar hat in Langenberg und in Brandenburg eine Wohnung. Alle anderen wohnen in Langenberg oder in der näheren Umgebung.

Auch sind einige von uns gegangen, sie leben in meinem Buch in wahren Geschichten weiter.

Bei einem Kaffee oder einem leckeren Eis, was wir im Sommer oft in der Langenberger Altstadt genießen, ist Heinz auf die Idee gekommen und sagte: „Was hatten wir früher eine schöne Zeit, kein Computer kein Handy, aber wir waren immer gut drauf und zufrieden. Das sind doch schöne Erinnerungen, sie sollten nicht in Vergessenheit geraten. Rose, du musst sie aufschreiben."

Erst war ich nicht begeistert, doch als ich darüber nachdachte, gefiel mir die Idee auch.

So wünsche ich Euch viel Spaß beim Lesen !

Eure *Rose Goldmann*

2 Wir Bonsfelder Kinder

„Mama, Mama!" ruft Sven, „Wo ist mein Handy?"

„Ja, wo hast Du es denn hingelegt?"

„Ich glaube, ich habe es auf den Wohnzimmerschrank gelegt, aber da liegt es nicht mehr."

„Warte mal," sagt Marlene, Svens Mutter „ich rufe Dich von meinem Handy an."

„Sven, es geht keiner ran. Du musst einmal im Garten suchen."

„Ach Mama," sagt Sven, „ich wollte mich doch mit meinen Freunden verabreden, und jetzt finde ich mein Handy nicht, im Garten liegt es auch nicht".

„Hast Du Dein Handy gestern mit zu Deinen Großeltern genommen?"

„Ja, Mama das kann sein. Ich rufe gleich einmal auf dem Festnetz bei Oma und Opa an."

„Opa, ich bin es Sven, liegt mein Handy bei Euch?"

„Hallo Sven! Ja, gerade hat es hier irgendwo geklingelt, dann liegt hier wohl Dein Handy."

„Opa kannst Du es mir schnell vorbeibringen?"

„Wieso bist Du so eilig? Seit wann vermisst Du es denn?"

„Opa, ich brauche es jetzt. Ich möchte mich mit meinen Freunden, Leon und Linda, zum Spielen verabreden."

„Ja, dann geh doch aus dem Haus und spiele mit ihnen."

„Opa wie sollen wir uns denn treffen, wenn keiner von dem anderen weiß?"

„Das verstehe ich nicht. Als ich Kind war ging man aus dem Haus und traf sich auf der Straße zum Spielen ohne Handy und alles andere kam von selbst."

„Opa, das waren ganz andere Zeiten".

Andere Zeiten

3 Meine erste Freundin

Meine erste Freundin ist Ulla K., wir sind gleichaltrig und beide sind wir im Besitz eines wunderbaren Puppenwagens. Natürlich gehörten auch Puppen mit den passenden Puppenkleidern dazu.

Meine Mutter ist eine gute Schneiderin und hat mir schöne Puppenkleider genäht. Ulla hat eine große Schwester, die auch gut nähen kann und so besitzt sie auch schöne Puppenkleider.

Unser Ziel ist heute der Schrebergarten von Familie K., er liegt auf der Oststraße und wir schieben stolz wie die erwachsenen Mütter, unsere Kinder vor uns her. Hier spielen wir den ganzen Nachmittag. Eine Nachbarin von gegenüber

Meine erste Freundin

bringt uns ein Puppenkleid, gewaschen und gebügelt. Es ist ein Fund aus dem vergangenen Jahr, wir haben es vergessen. Danke Frau Goeres!

Brigitte und Reiner

Ulla sagte zu mir: „Rosemarie, meine Schwester möchte morgen mit mir zum Sender gehen, kommst du mit?" „Viel Lust habe ich nicht, deine Schwester will immer alles bestimmen, wir müssen dann nach ihrer Pfeife tanzen. Aber alleine dürfen wir ja nicht bis zum Sender gehen, also komm ich mit."

Der Großrundfunksender des WDRs steht seit 1926 auf dem Hordtberg. Durch einen Wirbelsturm bricht er 1935 zusammen und wird durch zwei aus Stahl errichtete Sendemasten ersetzt. Diese werden zum Kriegsende durch die Nazis ge-

sprengt, damit die Anlage nicht für Propaganda der Alliierten verwenden werden kann.

Der neue, 180 Meter hohe Sender aus Stahl steht nun als Wahrzeichen von Langenberg auf dem Hordtberg und strahlt die Radio-Programme des WDRs Köln über das ganze Bundesland Nordrhein-Westfalen aus.

Als weitere Attraktion befindet sich der Bismarckturm hier oben, als Gedenken an den Reichskanzler Otto von Bismarck. Den gleichnamigen Aussichtsturm kann man besteigen und seinen Blick weit über das Land schweifen lassen.

Der nächste Tag auf dem großen Tummelplatz rund um den Sender mit seinen dicken Baumstämmen und vielen Plätzen zum Verweilen wird dann auch wunderschön. Luise, wie Ullas Schwester heißt, hat sich mit einem Freund verabredet und lässt uns spielen und auf Entdeckungen gehen und hat auch nichts zu meckern, denn jetzt sind wir ihr Alibi.

Ullas Familie

4   Das Freibad im Nizzatal

Das Freibad im Nizzatal gehört zu den schönsten Orten in unserer näheren Umgebung.

Mein Vater hat mir erzählt, dass die Kunden der Langenberger Geschäftsleute den Namen Nizzatal geprägt haben. Das Freibad wurde von jungen Männern in Eigenarbeit gebaut und betrieben. Das Wasser kommt aus den Bächen oberhalb des Schwimmbades ungefiltert in das Schwimmbecken.

Rosemarie, Bernd und Dietmar

Heute, bei schönem Wetter, werde ich von Frau Else eingeladen, zusammen mit ihrem Sohn Dietmar und dem Nachbarjungen Bernd, das wunderschön gelegene Freibad zu besuchen. Meine Mutter gab das o.k. Einen Badeanzug habe ich nicht, meine blaue Unterhose muss als Badehose herhalten.

Ich freue mich schon sehr auf das Planschen im großen Wasserbecken. Weil das Wasser nicht gefiltert wird, gibt es viel zu entdecken, denn kleine Fische, Kaulquappen und Blätter schwimmen im Wasser. Zuerst ist es unangenehm, aber dann haben wir Spaß an dem munteren Gewimmel. Als wir aus dem Wasser steigen, dient die mitgebrachte Wolldecke zum Verweilen auf der Badewiese. Der Tag geht viel zu schnell vorbei. Zur Erinnerung ist der Tag im Bild festgehalten.

5 Opa Schäfer

In den Kindergarten gehe ich nicht gerne. Tante Lümmen, die Kindergärtnerin, ist sehr streng. Einmal hat sie mich in eine Kammer gesperrt, und ich musste lange dort drinnen bleiben.

Aber dann gehe ich zu Opa Schäfer, meinem guten Freund. Er zeigt mir seine Kaninchen und ich darf sie streicheln. Opa Schäfer hat Kaninchen in allen Farben, weiße, schwarze und auch gescheckte.

Dann zeigt mir Opa Schäfer sein Schwein. Oh, wie ist das Schwein schön, ganz rosa. Ich frage: „Wie heißt das Schwein?" „Es hat keinen Namen" sagt er. „Oh, dann nenne ich es Rosa!" „Ja," sagt Opa Schäfer, „das ist ein schöner Name."

„Was frisst es denn?" frage ich.

„Das Schwein frisst alles, Kartoffelschalen, Reste vom Mittagessen, altes Brot"

„Und was ist sein Lieblingsessen, Opa?"

„Ja, da muss ich einmal nachdenken – am liebsten frisst das Schwein wohl Äpfel."

„Opa Schäfer, hast Du einen Apfel für mich?" rufe ich.

„Da muss ich einmal schauen, siehst du, hier habe ich einen schönen Apfel."

„Lieber Opa, darf ich den Apfel dem Schwein geben?"

„Das darfst du, mein Mädchen, lass ihn nur in den Stall fallen."

„Schau da, das Schwein schmatzt und frisst gemütlich den Apfel."

Opa Schäfer sagt: „Da hast Du dem Schwein heute eine Freude gemacht."

Ich bin total stolz.

Opa und Oma Schäfer

Opa Schäfer hat auch einen wunderschönen Kirschbaum, die Kirschen sind groß, gelb und rot. Mein Vater hat den Kirschbaum vor einigen Jahren veredelt. Das heißt, Zweige von einem kräftigen Kirschbaum wurden abgeschnitten und kunstvoll an diesem schönen Baum angesetzt. Ich sage: „Opa Schäfer, Deine Kirschen sind sehr lecker."

„Ja" sagt er, „das stimmt. Wenn die Kirschen reif sind fliegt immer ein Ball in den Baum und dann kommen die Jungs und holen ihn daraus, aber nicht ohne sich die Taschen voll leckerer Kirschen zu stecken. Aber ich freue mich, wenn die Kirschen den Jungs schmecken."

Manchmal sitzen wir oben bei Oma und Opa in der Stube. Meine Mutter ist auch da, sie hilft Oma Schäfer schon mal im Haushalt. Mein Vater war, als er noch nicht verheiratet war, bei den Schäfers in Logie. Er hat dort gewohnt und gegessen. So sind wir fünf heute noch gut befreundet.

Während meine Mutter bei Oma Schäfer arbeitet, darf ich den Opa Schäfer kämmen. Ich probiere alle Frisuren aus, mit Scheitel, ohne Scheitel, Opa Schäfer sitzt still und lässt sich frisieren. Für mich ist es ein schöner Nachmittag.

6 Die Mädels und Jungs von der Hüserstraße

Wir wohnen in Bonsfeld auf der Hüserstraße. Die letzten vier Häuser gegenüber der Volksschule sind aus roten Ziegelsteinen gebaut. Sie gehören der Firma Conce & Colsman, Seidenweberei. Die Wohnungen darin dienen als Werkswohnungen. Unsere Väter arbeiteten bei dieser Firma als Weber, Webermeister oder Schlosser.

Eckhard, Harald und Bernd

Die Jungs hier in der Nachbarschaft heißen Eckhard, Harald, Bernd, Dietmar, Heinz, Reiner. Die Mädels sind Edelgard, Ursel H., Ursula T., Rosemarie und Brigitte.

Alle haben wir gute Ideen: Ich geh aus dem Haus und schon spielen wir mit dem Ball, dem Diabolo, dem Federball oder blinde Kuh. Dabei müssen wir aufpassen, dass wir auf unserem Hof, nicht zu nahe an die Kaninchenställe kommen, denn dann werden die Kaninchen unruhig, und mein Vater schimpft uns aus.

Harald, Edelgard, Rosemarie, Ursel H., Lothar, Ursel T.

Unser Spielfeld ist groß, es ist die Straße, denn Autos gibt es kaum, der Schulhof und der Steinbruch beim Bauer Kampmann. Nach der Schule und den Schulaufgaben verbringen wir den Nachmittag mit Spielen. Wenn aber um 7 Uhr die Abendglocke läutet, gehen wir Kinder schleunigst nach Hause, denn sonst gibt es Ärger.

6.1 Eckhard

Wir wohnen zusammen in einem Haus. Eckhard ist immer gut gelaunt und macht alle seine ihm aufgetragenen Arbeiten mit Freude. Unterstützung hat Eckhard durch seinen Vater, er hilft zum Beispiel, wenn das Fahrrad repariert werden muss und bei allen technischen Arbeiten.

Wir sind fast jeden Tag zusammen. Im Winter spielen wir auf dem gemeinsamen Speicher. Dort steht mein Kaufladen, es kommt keine Langeweile auf. Eckhard hat einen großen Bruder Hans Joachim, genannt Achim. Er geht schon in die Lehre als Kaufmann. Achim ist ein hübscher Junge, und die Mädels sehen das auch. Meine Mutter und die Nachbarin ziehen Achim oft mit seinen Eroberungen auf, bis er ruft: „Es ist genug, lasst mich doch in Ruhe!"

6.2 Harald

Harald ist einfühlsam und aufgeweckt; er ist seiner Mutter in allen Lebenslagen behilflich. Er hat ein großes handwerkliches Geschick, im Haus kann er fast alles reparieren, und auch sein Fahrrad steht immer einsatzbereit da.

Sein Vater ist krank, er hat Multiple Sklerose und kann nicht gut laufen. Wenn er mit seinem Motor-Dreirad fährt, ist Harald dabei und achtet auf alle Vorgänge.

Haralds Mutter ist eine patente Frau. Wegen der Krankheit des Vaters ist die Familie nicht reich, aber Frau Erna hält für uns Kinder immer etwas zum Naschen bereit, meistens ist es selbst gebacken. Sie ist fleißig, der Garten wird von ihr alleine bestellt, und sie ist die einzige Nachbarin, die auch Blumensamen sät. Die schönsten Sträußchen stehen bei ihr im Wohnzimmer. Meine Mutter bekommt auch oft Blumen von Frau Erna geschenkt für die Hilfe bei der Pflege ihres Mannes.

6.3 Bernd

Er wohnt ein Haus über uns. Er hat eine sehr kreative Mutter, die immer etwas mit ihrem Sohn unternimmt. Die Geburtstage bei Bernd werden groß gefeiert mit vielen Cousinen und Cousins. Auch wir Kinder sind dabei eingeladen, das macht viel Freude.

Bernds Geburtstag

6.4 Dietmar

Dietmar ist sehr strebsam, er ist ein guter Schüler. Als in der Schule Englisch angeboten wird, ist er dabei. Zuhause werden sodann auch englische Sender (BFN[1]) eingeschaltet und mit dem Nachbar-Jungen Harald angehört, englische Musik gleich eingeschlossen.

6.5 Heinz und Reiner sind die Kleinsten

aber nicht zu überhören, sie haben sich immer lautstark durchgesetzt. Viele Streiche gehen auf ihr Konto. Wenn Frau Nies einmal schimpft, die Rollschuhe machen zu viel Krach, sagen sie höflich: „Es tut uns leid".

6.6 Ulla

Ulla wird behütet von ihrer großen Schwester, aber auch von ihren Eltern. Sie ist meine erste Freundin, und ich mag sie sehr gerne. Wir können zusammen stundenlang mit unseren Puppen spielen und sind dabei glücklich.

Leider ist Ulla schon Anfang der Schulzeit zum Hopscheid gezogen, die Eltern haben dort ein Eigenheim gebaut. Um sich öfter zu besuchen, ist der Weg zu weit. Ich bin traurig.

---

1   *British Forces Network* – Radio Programm der Britischen Streitkräfte. Der Sender wurde 1964 in *British Forces Broadcasting Service (BFBS)* umbenannt.

6.7 Annemarie

Annemarie ist ein mutiges Mädchen, sie hat keine Angst vor frechen Jungs, im Gegenteil, sie werden in die Flucht geschlagen. Am Wochenende fährt Annemarie meistens mit ihrem Vater Motorrad, sie sitzt dann im Beiwagen. Die Beiden besichtigen Städte und besuchen Ausflugsziele. Auf dem Weg zur Schule erzählt sie uns von ihren Erlebnissen.

6.8 Liesel

Elisabeth, genannt Liesel, ist eine Bauerntochter. Ich gehe gerne zu ihr, die Tiere, wie die Kälbchen und Schweine, gefallen mir gut. Ich freue mich wenn ich sie füttern und streicheln darf. Auch der Hofhund Nelli wird gestreichelt, und wir gehen mit ihm spazieren. Liesel interessiert sich für viele Dinge, sie ist wissbegierig, und wir können über alles reden.

Im Frühjahr sind wir zur heiligen Kommunion angemeldet, und Liesel wird meine Kommunion-Partnerin, das verbindet uns sehr.

6.9 Annegret

Wir treffen uns bei der Einschulung zum 1. Schuljahr in der Klasse der katholischen Kinder. Neugierig wie wir sind, lernen wir uns kennen und mögen. Annegret ist ein aufgewecktes Mädchen, sie ist aufgeschlossen und ideenreich. Wir Kinder, Annemarie, Liesel und ich, werden ein eingeschworenes Team.

Leider wohnt Annegret am Sonnenhang, für einen Besuch am Nachmittag ist die Zeit zu kurz, da müssen wir wohl bis zu den Ferien warten.

6.10 Noch mehr Kinder

Edelgard, Christel und Ursula H. wohnen ein Haus über uns; der Eingang zu ihrer Wohnung führt über den Hof. Sie sind Geschwister und haben noch einen großen Bruder Rudi.

Zum Spielen schließen sich die Mädels uns gerne an.

7 Unser Garten

Zu jeder Wohnung gehört auch ein Garten, dort gibt es Gemüse in allen Varia-
tionen und natürlich Beerenobst.

Es war ein eisernes Gesetz, dass wir Kinder in den Nachbargärten nichts zu suchen haben. Was wir auch brav befolgen.

Ich und mein Vater

Wenn im Herbst die Erntezeit kommt, müssen auch mein Vater und ich mithel-
fen, das Gemüse für den Winter zu verarbeiten. Jede einzelne Bohne wird in die
Hand genommen, mit dem Messer oben und unten abgeschnitten und die ein-

zelnen Fäden abgezogen. Sie werden dann in Steintöpfe eingelegt und gesalzen, darauf legen wir ein Holzbrett, welches mit Steinen zur Beschwerung versehen wird. Jede Woche nehmen wir das Holz und die Steine runter und waschen alles sorgfältig ab. Zum Schneiden des Weißkohls leihen wir uns bei Scherenberg (Haushaltswarengeschäft) eine Schneidemaschine. Die Zeit der Leihgabe ist genau eingetragen, damit jede Familie von der Hüserstraße einmal in den Genuss der Schneidemaschine kommt.

Äpfel und Birnen holen wir für wenig Geld beim Bauern. Diese werden geschält und geschnitten, dann in Gläser gefüllt und eingekocht. Im Winter haben wir dann einen leckeren Nachtisch.

8 Unsere Tiere

Mein Vater hat Kaninchen, deren Ställe auf dem Hof stehen. Die Kaninchenrasse heißt Japaner. Die Tiere sind braun/gelb gestreift. Mein Vater achtete darauf, dass sie ihren Stall sauber haben und gut gefüttert werden, auch mit Kettenplösch (Löwenzahn). Wenn die Ställe sauber gemacht werden, darf ich die Kaninchen im Puppenwagen herumfahren. Ich habe Spaß, sie wollen nicht unter der Decke liegen bleiben und krabbeln immer wieder heraus. Sie sind so kuschelig, ich bin mächtig stolz.

Dann gibt es noch die Hühner, aber sie haben mein Herz nicht groß bewegt. Allerdings, wenn es kleine Küken gibt und mein Vater wirft ein paar Würmer in den Käfig, dann sausen die Kleinen mit den Würmern durch den Hühnerstall, das ist lustig anzusehen.

Meine Mutter und ich

9   Der Cousin aus dem Osten

„Hallo Rose, komm einmal zu mir, ich muss Dir etwas mitteilen," ruft mein Vater.

„Hier bin ich, Papa", sage ich.

„Rose, wir bekommen Besuch."

„Ja, wer kommt zu uns?"

„Du weißt, dass ich in Ebersdorf geboren bin," sagt mein Vater, „das liegt bei Seidenberg im Sudetenland. In Gradlitz Kreis Trautenau wohnt meine Cousine Frieda mit ihrem Mann und ihren Kindern Harry, Inge und Erika. Das heißt sie wohnen dort nicht mehr, sie mussten 1945 nach dem verlorenen Krieg ihre Heimat von heute auf morgen verlassen, und nun wohnen dort nur noch Tschechen. Die Familie von Deiner Tante Frieda wohnt jetzt bei Halle, erst waren sie in einem Lager untergebracht, und jetzt haben sie eine kleine Wohnung, aber es fehlt an Allem, und die Familie ist nicht glücklich. Ja, und nun kommt Harry uns besuchen."

Ich wusste, dass Papa oft Briefe in seine alte Heimat geschickt hatte, aber ich hatte noch keinen der Verwandten gesehen, so rief ich, „Oh, wie schön, da habe ich einen Cousin zum Spielen".

„Ganz so ist es nicht, Harry ist 17 Jahre alt, und du bist 5 Jahre, Harry wird hier auch arbeiten," spricht mein Vater.

Der Cousin aus dem Osten

„Kommen denn die Schwestern Inge und Erika nicht mit?"

„Nein, ich möchte Dir erzählen, warum Harry kommt, er möchte unbedingt auswandern."

„Auswandern," sage ich, „was heißt das?"

„Harry fährt mit einem großen Schiff von Bremen nach Amerika, die Fahrt geht über den Atlantik."

„Atlantik?", frage ich.

Die Tanten aus Amerika: Elisabeth, Viola und Emely

Mein Vater erklärt, „zwischen den Kontinenten Europa und Amerika liegt ein großer Teich, die Überfahrt, wie man es nennt, dauert je nach Wetterlage zwei bis drei Wochen."

Ich staune, „Papa, warum fährt Harry so weit?"

„Wie soll ich es dir sagen, vielleicht hat er Fernweh, sucht neue Perspektiven und natürlich lockt das Abenteuer."

Abenteuer, mit diesem Wort konnte ich etwas anfangen. Abenteuerbücher hatten Papa und Mama mir schon vorgelesen.

Nun sagt mein Papa, „ganz so schlimm wird es nicht, meine drei Schwestern in Amerika nehmen Harry in Empfang. Sie haben schon Papiere bei der amerikanischen Einwanderungsbehörde hinterlegt und auch Papiere zu uns geschickt. Die Drei bürgen für seinen Aufenthalt, mit Unterkunft und Verpflegung."

„Ich bin so gespannt auf Harry, an welchem Tag kommt er zu uns?"

Mein Papa sagt, „Rose, du musst mir etwas versprechen, du darfst Keinem von Harry erzählen, erst wenn er hier ist, können wir erzählen, woher er kommt. Heute, 1948, wenige Jahre nach dem verlorenen Krieg, es ist gefährlich, von dem russisch besetzten Deutschland nach hier in den Westen zu fahren, das besetzte Deutschland will keine Menschen als Arbeitskräfte verlieren, und schnell wird man zurück geschickt, oder noch schlimmer, man kommt ins Gefängnis."

Ich sage, „Papa, gibt es dort so böse Menschen?"

„Ja", sagt mein Papa, „aber du kannst beten, dass Harry unbeschadet zu uns kommt."

„Ja, Papa, dass mache ich."

Der Cousin aus dem Osten

Es vergingen noch einige Wochen, und dann war es soweit. Ich hatte gar nichts mitbekommen, als ich am Morgen aufstand, saß Harry in unserer Küche, und wir frühstückten zusammen. Ich habe ihn immer wieder angeschaut in dem Bewusstsein, was für Abenteuer hinter und besonders noch vor ihm liegen.

Dann verging die Zeit schnell, ich freute mich, einen so großen Cousin, fast einen Bruder zu haben, und Harry behandelte mich immer wie eine Prinzessin. Wenn er einmal alleine mit mir spazieren ging, war ich besonders stolz.

Harry ging arbeiten, er half beim Bauer Mitteldorf als Knecht aus, das war ein schwerer Job. Meine Mama musste mehrmals mit dem Bauern um ein paar freie Stunden für Harry kämpfen.

Dann eines Mittags herrschte bei uns ein großes Stimmengewirr. Alle sprachen aufgeregt miteinander, Harry war auch dabei. Ich wusste nicht, was los war und schaute aufgeregt hin und her. Dann packte Harry seine Sachen, ich lief zu ihm und fragte, was geschehen sei. Er sagte, „Dein Papa ist böse auf mich, weil ich nicht auswandern möchte." „Aber das ist doch schön, so bleibst Du doch hier", sagte ich. Harry schüttelte den Kopf und sagte mir, „ich fahre nach Haan, wohne dort im Friedensheim und mache eine Ausbildung bei der Stadt Haan."

„Besuchst Du uns?" frage ich.

„Auf jeden Fall, meine Kleine, wir verlieren uns nicht aus den Augen."

So ist es auch bis heute geblieben.

Von meiner Mama habe ich erfahren, dass Harry ein Mädchen kennen gelernt hat, in das er sich verliebt hatte, und somit wollte er nicht mehr nach Amerika fahren. Mama konnte das gut verstehen, Papa brauchte dafür etwas länger.

Später sind Tante Frieda, Onkel Joseph, Erika und Inge auch nach Haan gekommen, außerdem noch Cousin Manfred mit Familie. Um nicht aufzufallen, kamen sie zu zweit auf verschiedenen Wegen und brachten keine Möbel, Wäsche und Geschirr mit, wie es heute üblich ist; sie hatten nur sich selbst.

10 Fanny

Unsere Ziege heißt Fanny, sie ist schneeweiß und schön. Ich beneide Fanny, weil sie so groß und stark ist. Mit ihren zwei Hörnern konnte sie zustoßen und tat dies auch kräftig. Es gab kein Kind, das sich nicht vor ihr fürchtete, auch ich hatte Angst vor Fanny.

Meine Mutter liebte Fanny, bei ihr war sie ganz zahm. Mutter hat sie gemolken, und wenn Fanny mal wieder ein wundes Euter hatte, weil sie ausgerissen war und über Hecken und Zäune, besonders aber durch die Brombeersträucher gesprungen war, wurde das Euter eingerieben, damit alles wieder schnell heilte.

Einmal im Jahr bekam Fanny ein Zicklein, oft aber auch zwei. Ich war dann so stolz auf unsere Fanny, sie war eine liebevolle Mutter, ließ die Zicklein an ihrem Euter trinken, stupste sie an, wenn sie zum Beispiel an einem Treppenabsatz standen, wo die Gefahr bestand runter zu fallen, und die Kleinen sprangen wieder auf den Weg. Manchmal, wenn das Wetter schön war, haben ich und die Nachbarskinder mit den Zicklein gespielt. Wir haben unsere Stelzen wie Hürden aufgestellt, sind hinüber gesprungen, und die Zicklein sprangen hinterher.

Um an die Zicklein zu kommen, musste unsere Fanny zum Bock. Dieser war Zuhause an der Isenburg. Mein Vater nahm Fanny am Strick, ging mit ihr den Böhmesweg runter zur Straßenbahn und fuhr Richtung Hattingen zur Isenburg. Er stand mit Fanny hinten auf dem Platon. So geschah es auch an dem besagten

Tag. Unser Vater wollte an der Isenburg wieder in die Straßenbahn steigen, um nach Bonsfeld zu fahren. Da kam der Schaffner und wollte für Fanny Fahrgeld kassieren, auch aus dem Grunde, weil die Ziege auch mal etwas fallen ließ. Mein Vater war so ärgerlich, dass er im Begriff war auszusteigen. Aber da hat Fanny so jämmerlich gemeckert, dass er doch für sie die Fahrt bezahlte. So konnten beide nach Bonsfeld fahren und mussten nicht laufen.

Wir hatten keine eigene Wiese für unsere Ziege. Wir mussten sie an den Rändern der Felder oder Wiesen anpflocken, damit sie fressen konnte. Dann gab es da noch die kleine Wiese, Kleinwieschen genannt, auch hier wurde Fanny angebunden, damit sie sich am Grase laben konnte. Nun lag diese Wiese gegenüber der Volksschule, und in der Pause liefen die Kinder über die Straße, um unsere Fanny zu ärgern. Aber sie ließ sich dies nicht gefallen und ging auf die Kinder los, und es kam oft vor, dass sie sich los riss und hinter den Kindern her lief. Als dies wieder einmal geschah, rannten die Kinder brüllend und angstvoll vor unserer Fanny auf den Schulhof und rein in die Schule.

Der Schulhof war wie leer gefegt, kein Kind, aber auch kein Lehrer war zu sehen. Gott sei Dank wohnten wir gegenüber der Schule, die Lehrer rissen die Fenster auf und riefen, „Frau Goldmann! Frau Goldmann! Die Fanny ist los, bitte fangen sie die Ziege wieder ein." Meine Mutter ging dann los und nahm Fanny in Gewahrsam.

Das Schnaufen unserer Ziege sagte: „Wartet nur ab, ich kriege euch noch."

Fanny

Zwei Jahre später haben meine Eltern Fanny zu neuen Besitzern auf den Hop-scheiderberg gegeben, hier hatte sie eine eigene Wiese und fühlte sich wohl. An einem Sonntag will meine Mutter Fanny besuchen, und wir taten es auch. Wir sehen sie auf der Wiese stehen, und meine Mutter ruft „FANNY!", da kam Fanny angelaufen und ließ sich von uns streicheln. Wir sind traurig und glücklich zugleich.

11 Die Schule

Alle meine Freunde und ich kommen in die Evangelische Grundschule. Die katholischen Kinder dürfen nur eine Klasse mit vier Jahrgängen nutzen. Der Unterricht wird von einem alten Lehrer gestaltet.

Ab der 5. Klasse müssen wir uns im Sommer wie im Winter zu Fuß auf den zwei Kilometer langen Schulweg nach Langenberg in die Brucherschule begeben, einen Schulbus kannte man nicht. Unsere Eltern hatten kein Auto, um uns zur Schule zu bringen. Oft hatten wir 30 Pfennig dabei, um bei sehr schlechtem Wetter mit dem Bus bis Bonsfeld fahren zu können.

Die Schule

Aber erst einmal gehen wir in die Schule Hüserstraße. Mit mir kommen noch Annemarie von der Oststraße, Liesel und Wolfgang von der Fellerstraße sowie auch Annegret vom Hopscheid dazu. Wir verstehen uns gut und sind beste Freundinnen.

Eines Tages kommt Annemarie vor der Schulstunde angelaufen und sagt uns, „Ich war schon in unserer Klasse, dort ist ein Schüler, der uns unterrichten will." Gespannt laufen wir in unsere Klasse. Der Schüler stellte sich als Lehrer Beinborn vor, er macht Vertretung für unseren Lehrer Gerlach. Mit dem jungen Lehrer wurde der Unterricht spannend, wir waren begeistert. Aber leider kam nach ein paar Tagen unser alter Lehrer wieder zurück.

12 Schulspeisung

In den Jahren 1946 bis 1951 gibt es eine Schulspeisung, diese wird von der amerikanischen Hilfsorganisation der Quäker gespendet, die sich besonders für die Kinder einsetzt.

Die Nährmittelfabrik Caspar Poullig aus Langenberg kocht für die Schulen. In großen Kesseln wird das Essen warm an die einzelnen Schulen ausgeliefert, wir Kinder bringen von daheim ein Töpfchen und einen Löffel mit. Die Speise besteht aus einer Milchsuppe und Eintöpfen und wird an verschiedenen Tagen in die Schulen gebracht. Die Eltern sind erleichtert über die zusätzliche Versorgung ihrer Kinder.

Schon nach dem ersten Weltkrieg gab es die Quäkerspeisung. Die Spenden für diese Organisation kommen aus aller Welt.

Nach dem verlorenen Krieg sind Lebensmittel knapp. Die Menschen gehen zu den Bauernhöfen mit ihrer Wäsche und anderen Gegenständen, um sie gegen Lebensmittel zu tauschen (dies nennt man hamstern). Oftmals fahren die Menschen weite Strecken, um an Fleisch, Speck und Eier zu kommen. Dabei wechselt manches Lieblingsteil den Besitzer.

Als wir noch zum Kindergarten an der Hüserstraße gingen, gab es einmal in der Woche für die Gesundheit einen Löffel mit Lebertran. Das schmeckte scheußlich, aber wir schluckten den Lebertran brav herunter.

13   Die Zeichenstunde

„Das hast Du gut gemacht", sagt unser Lehrer Gerlach. Aber hier fehlt noch eine kleine Verbesserung. Herr Gerlach setzt sich neben den Schüler Wolfgang auf die Bank und mit ein paar Strichen hat das Bild an Schönheit gewonnen. Was kreative Kunst angeht, ist der Lehrer Gerlach ein Meister.

Wolfgang ist stolz, er versucht ein Bild von seinen Zwillingsschwestern Karin und Ingrid, diese sind vier Jahre jünger als Wolfgang, auf ein Blatt Papier zu bringen.

Bei unserem Ausflug vor einer Woche, entlang dem Felderbach hat Wolfgang von den Zwillingen geschwärmt, sie wären so munter und süß. Seine Mutter hatte an einem Tag zwei Mädchen geboren, wir sollten sie uns unbedingt anschauen. Kein anderes Kind in unserer Klasse hatte Zwillingsgeschwister. Jetzt waren wir alle neugierig und keiner konnte uns abhalten zum Haus der Eltern zu gehen. Dort angekommen rief Wolfgang lautstark bis zur 2.Etage: „Mutter, Mutter, schick uns die Zwillinge ans Fenster, ich möchte sie meinen Mitschülern vorstellen."

Dann endlich, kommen zwei kleine süße Gesichter ans Fenster und winkten uns zu. Die ganze Klasse ist begeistert und auf dem Rückweg gibt es nur ein Thema: „Zwillinge". Zwei fasst gleiche Mädchen, das ist schon etwas Besonderes.

Während wir, die dritte Klasse, Zwillinge zeichnen, beschäftigt sich die zweite Klasse mit dem Zeichnen von Herbstmotiven, dazu gehören Bäume Blätter und ganz viel Laub. Die erste Klasse schreibt „*ll*" immer hintereinander. Es sieht wie eine lange Kette aus. Die vierte Klasse hat es am schwersten, denn sie muss sich gut konzentrieren. Dort wird laut im wechsel vorgelesen, das Gedicht „Der Zauberlehrling" von Johann Wolfgang von Goethe aus dem Lesebuch „Die sieben Ähren". Das Vorlesen hat uns nicht gestört, es macht uns in der 3. Klasse nicht weniger ideenreich, alle Zeichnungen werden mit einer guten Note bewertet.

14 Bescherung

Jetzt im Dezember stehen viele Ereignisse an. Wir sind schon gespannt und aufgeregt.

Erst einmal muss der Wunschzettel für das Christkind geschrieben werden. Wir Kinder, Eckhard und Rose, sitzen am Küchentisch und malen unsere Wünsche auf, Eckhard eine Eisenbahn und ich, Rose, eine Puppe. Hoffentlich kann das Christkind auch erkennen was wir möchten. Vorsichtshalber sprechen wir mit unseren Mamas und Papas. Falls das Christkind unsere Eltern fragt, wissen diese Bescheid.

Der Nikolaus war auch schon am 6. Dezember da. Wir haben ihn nicht gesehen, nur gehört, er fragte: „Wart ihr auch brav?"

Wir hatten Angst, er hat so laut und bestimmend gesprochen, aber dann haben wir laut gerufen : „Ja," und schon kullerten die Nüsse über den Flur, irgendwo stand wohl eine Tür offen. Als wir sie aufgesammelt hatten, war der Nikolaus schon mit seinem Schlitten weiter gefahren.

Zehn Tage vor Weihnachten hat Eckhard Geburtstag. Es gab eine Feier mit leckeren Süßigkeiten. Ein spannendes Spiel „Mensch ärgere dich nicht" war das Geburtstagsgeschenk.

Wir haben es gleich ausprobiert, und weil es so viel Freude machte, hat auch Eckhards Vater mitgespielt.

Am 22. Dezember stand die obligatorische Mokkatorte bei uns auf dem Tisch, meine Mama hat sie gebacken, wie jedes Jahr, es war ihr Geburtstag. Papa hat den Kaffee gekocht, und wir haben zusammen gesessen und über das vor uns liegende Weihnachtsfest gesprochen.

Dann kommt der heilige Abend, und für Eckhard gibt es eine Bescherung. Ich muss leider noch bis zum 1. Weihnachtstag warten.

Endlich ruft Eckhard zu mir hoch, „Rose Du kannst kommen und schauen was das Christkid mir gebracht hat." Schnell laufe ich die Treppe herunter und werde unten im Wohnzimmer von vielen Kerzen, die am Tannenbaum befestigt sind, und einer geschmückten Wohnung empfangen.

Weihnachten bei meinen Großeltern in Langenfeld-Richrath

Wieder oben bei meinen Eltern erzähle ich, Eckhards Wunsch, eine Eisenbahn zu besitzen, sei in Erfüllung gegangen. Ich jammere, hoffentlich bringt mir das Christkind auch meinen Herzenswunsch. Mein Vater sagt: „Rose du musst Vertrauen haben." Am nächsten Morgen ist die Freude groß, selig halte ich mein Püppchen auf dem Arm. Dankbar schaue ich meine Eltern an. Erst jetzt sehe ich den Tannenbaum mit den vielen bunten Kugeln und brennenden Kerzen. Der Esstisch ist schon für das Mittagessen gedeckt. Es riecht lecker nach Kaninchenbraten, und von der feinen Torte ist auch noch reichlich da. Ich sehe und fühle, es ist **Weihnachten**.

Dann rufe ich: „Eckhard, Eckhard schau was das Christkind mir gebracht hat!"

15 Aus Alt mach Neu

Aus alter Kleidung wieder etwas Neues zu machen, war schon immer eine besondere Herausforderung, und man ist besonders stolz, wenn etwas Schönes dabei heraus kommt.

Eine Nachbarin schenkt Frau V. eine Strickjacke und einen Pullover, damit diese wieder etwas Neues zum Anziehen hat. Frau Erna, nicht faul, zieht das Gestrickte auf, wickelt das Garn auf ein Holzbrett, lässt Wasser darüber laufen, und als alles getrocknet ist, haben sich die Fäden wieder geglättet. Jetzt wird das Garn zu einem dicken Knäuel aufgerollt. Die Stricknadeln klappern ein paar Wochen, und siehe, dann kommt ein neues Strickkleid zum Vorschein, bestehend aus einem Rock und einer Jacke mit einem Schößchen. Die zierliche Frau Erna sieht so schön darin aus, als wenn sie das Kostüm in einer Boutique gekauft hätte.

Meinen Eltern ging es ähnlich. Sie suchten einen Mantel für mich, denn ich sollte zu Ostern in die Schule kommen. Nach vielen Überlegungen tat sich ein gebrauchter Fund auf. Ein ausrangierter Militärmantel. Meine Mutter und meine Tante – meine Tante war eine gelernte Schneiderin – machten sich ans Werk. Der Mantel wurde aufgetrennt, die einzelne Teile sorgfältig glatt gestrichen und überlegt, wie man den grünen Militärstoff verwandeln könne. Die beiden Frauen entschieden sich für die Farbe blau. Nun wurden alle Teile in blau eingefärbt, nach dem Trocknen sah alles ganz passabel aus. Meine Tante hatte einen Schnitt gemacht und diesen auf den Stoff gelegt. Nachdem alles zugeschnitten war, begann man mit dem Nähen. Das Endprodukt konnte sich dann auch sehen lassen. Ich habe diesen Mantel einige Jahre getragen.

Wegwerfen gab es nicht, vieles wurde wieder verwertet.

16 Badetag

Heute ist Samstag, und wie immer ist heute Badetag.

Ich freue mich schon sehr, denn nach dem Baden gibt es etwas Süßes zum Essen für mich, und im Bett darf ich noch mit meinen Puppen spielen.

Mein Vater holt die große Zinkbadewanne aus dem Keller. Er muss die Wanne bis in die erste Etage tragen, was nicht so einfach ist, denn die Wanne ist schwer und darf nicht an die Flurwand stoßen, sonst rieselt der Putz auf die Treppe und die Wand erwartet eine Ausbesserung.

Der große Einmachkessel steht schon auf dem Küchenherd. Der Ofen bollert tüchtig, er lässt das Wasser kochen und heizt die Küche, bis die richtige Bade- und die Raumtemperatur erreicht ist. Ich darf in die Badewanne steigen, plansche im Wasser und genieße die angenehme Wärme. Dann kommt meine Mutti und wäscht mir die Haare. Ich rufe: „Mama, pass auf, dass ich keine Seife in die Augen bekomme." Aber ein paar Minuten später heule ich schon: „Ich habe Seife in den Augen." Meine Mutter sagt: „Das kann nicht sein, ich habe so aufgepasst, und Du hast doch den Waschlappen vor den Augen." Ich jammere noch rum und sage: „Meine Augen brennen!"

Aber dann ist alles vorbei, ich steige aus der Badewanne und werde abgetrocknet. In meinen Bett kann ich nicht lange spielen, ich bin müde, und schnell schlafe ich friedlich ein. Jetzt ist Zeit für das Baden meiner Eltern.

Im Sommer ist der Badevorgang leichter, da benutzen wir die Waschküche, allerdings müssen wir diese mit vier Parteien teilen. Meine Eltern sprechen sich ab, mit der rechten und linken Haushälfte und mit Parterre und der ersten Etage. Bei friedlichen Menschen wird man sich schnell einig.

17   Toiletten außer Haus

Wir hatten gerade gegessen, nun ging meine Mutter zum Waschbecken, um das Geschirr abzuspülen. Es war meine Aufgabe, das Geschirr abzutrocknen und in den Schrank zu stellen. Manchmal, so auch heute, sagte ich; „Mama ich muss erst aufs Klo." Meine Mutter sagte: „Komm ja schnell wieder und klüngel nicht herum!"

Ich habe die letzten Worte schon nicht mehr gehört. Ich renne die Treppe herunter mache die Haustür auf und laufe in den Hof. Hier stehen die Toilettenhäuschen, ein Haus für uns das andere für die Familie aus der Parterre. Erleichtert lasse ich mich auf die Toilette fallen. Als ich wieder heraus komme, sehe ich Harald vom Nachbarhaus. Er sagt: „Komm schnell, ich muss dir etwas zeigen." Neugierig folge ich ihm, dann seh ich ihn, den dicken Kartoffelkäfer. Wir schauen, wie es sich der Käfer auf dem Blatt gemütlich macht. „Ih, ist das eklig, tu ihn weg." „Er ist doch so schön", sagt Harald.

Da fällt mir ein, ich muss schnell hoch laufen, meine Mutter braucht mich zum Geschirrabtrocknen. Als ich oben ankomme, sagt meine Mutter: „Da hast du dich ja mal wieder schön vor der Arbeit gedrückt."

18 Die Schönheit aus der Natur

Neben den Toilettenhäuschen steht eine Tonne für das Regenwasser. Benutzt wird dieses für die Tiere zum Trinken und zum Saubermachen der Schalen zum Beispiel für die Kaninchen, aber auch für die Hühner und unsere Ziege. Hauptsächlich wird das Wasser zum Gießen für den Garten genommen. Die Toilettenhäuschen, die an jedem Haus stehen, haben ein Dach mit Regenrinne, das hier gesammelte Wasser läuft in die Tonnen.

Unsere Jungs Heinz und Dietmar, nicht faul, pinkelten gerne, denn warum sollte man den guten Dünger umkommen lassen, in die Tonnen. Die Anwohner wussten es wohl nicht, und es hätte sie auch nicht gestört.

Eines Tages sagte die Nachbarin Frau Weber: „Frau Else, wir haben ein wunderbares Mittel für eine schöne Haut. Wir nehmen das Wasser aus der Regentonne und waschen uns damit durchs Gesicht und fühlen uns erfrischt, dass müssen Sie unbedingt auch versuchen." Frau Else kann sich vor Lachen kaum halten, denn sie kennt die Streiche ihrer Söhne. Sie ist schlagfertig und sagt: „Ich habe mich schon gewundert, warum sie immer so gut aussehen."

19 Ein Geschenk aus Übersee

Ich stehe auf einem Stuhl, meine Mutter steht vor mir und versucht, an der Jacke, die ich gerade anprobiere, den Reißverschluss zu schließen, aber es gelingt ihr nicht.

Da kommt unser Bäcker Herr Lachmann um Brot zu bringen. Mutter ruft: „Herr Lachmann, kommen Sie doch bitte einmal hoch." Als Herr Lachmann oben ist, ich stehe immer noch auf dem Stuhl, da sagt meine Mutter: „Herr Lachmann, schauen sie sich diesen Reißverschluss an, ich kann ihn einfach nicht einhaken. Diese Jacke kommt aus Amerika, dort gibt es wohl ein anderes Patent." Der Bäcker schaut sich den Reißverschluss an. „Ja", sagt er dann, „das Patent ist, der Verschluss kann auf beiden Seiten eingehakt werden". „Wieso das?" fragt meine Mutter. „Die Jacke kann man wohl auf beiden Seiten tragen." Und schon wird es ausprobiert, ich ziehe die Jacke, wie wir meinen, auf links an. Jetzt ist die Jacke grün-kariert. „Sieht doch prima aus,", sagt Herr Lachmann. Nun wird das Köpfchen des Reißverschluss zusammen gehalten, und schon lässt sich der Verschluss mühelos hochziehen. „Wunderbar.", sagt meine Mutter, „danke, Herr Lachmann."

„Dieses Patent kenne ich auch nicht, wo kommt die Jacke her?"

Mutter antwortet: „Dies ist ein Geschenk von meiner Schwägerin aus Amerika. Es ist ein Hosenanzug aus hochwertigem Stoff."

„Das sehe ich“, sagt Herr Lachmann, „ich wünsche viel Freude damit.“

„Danke, danke!“ ruft meine Mutter. Der Bäcker Lachmann sagt noch: „Frau Goldmann, das Brot habe ich auf den Tisch gelegt.“

Als abends mein Papa kommt, zeigen wir ihm das gute Stück. „Der Anzug steht dir gut, mein Kind. Da muss ich gleich meiner Schwester schreiben und mich bedanken.“

Ein Geschenk aus Übersee

„Papa, haben deine Schwestern Elisabeth und Emely so viel Geld?" frage ich.

„Das wird wohl so sein, aber sie haben auch ein gutes Herz."

„Rose, ich muss dir erzählen wie meine kleine Schwester Emmi mit 15 Jahren alleine mit dem Schiff nach Amerika gefahren ist. Du weißt, meine Mutter war bereits dort und wollte uns Kinder nachholen, aber ich war bei den Großeltern und wollte dort auch bleiben, denn sie brauchten mich. Da ist Emmi alleine gefahren, ich weiß noch", sagt er, „sie hatte ein großes Pappschild um den Hals mit dem Namen und der Adresse unserer Mutter. Die Überfahrt dauerte damals 4 bis 6 Wochen."

„Papa, was war die Tante Emely mutig!" sage ich.

„Das kannst du wohl sagen!", freut sich mein Papa.

20 Ein freudiger Tag

Vor einer Woche hat Harald mich eingeladen, es gäbe etwas zu feiern. Ich sage: „Sicher ist es Dein Geburtstag am 5. März." „Ja," sagt er, „aber das ist nicht alles, es gibt noch eine Überraschung." Ich frage und frage, aber er sagt mir nicht, was er vorhat, jetzt bin ich aber gespannt.

Am besagten Tag schelle ich bei meinem Freund Harald an, er öffnet mir die Türe. „Komm herein!" sagt er. Ich überreiche ihm sein Geburtstagsgeschenk, es ist ein Buch mit Automodellen und deren technische Daten. Als ich eintrete, sehe ich schon Eckhard und Bernd. Der gedeckte Tisch mit Kuchen, Kakao und Saft steht in der Küche. Frau Vorberg ruft, „setzt Euch hin, es kommen noch ein paar Kinder." Schnell begrüße ich noch den Hausherrn, er liegt im Wohnzimmer auf der Couch. Das Laufen fällt ihm schwer, auch braucht er Unterstützung beim Essen, aber da steht seine Frau schon hinter mir mit einer Tasse Kaffee und Kuchen, um ihren Mann zu bedienen. In der Küche haben wir viel Spaß, der Kuchen und der Kakao sind lecker und wir greifen tüchtig zu.

„Was macht die Überraschung?" fragen wir.

„Das hat noch Zeit!", sagt Harald.

„Erst spielen wir einmal eine Runde Karten", sagt Harald.

Das Kartenspielen wurde so spannend, dass wir die Überraschung bald vergessen hatten.

Dann sagt Harald plötzlich: „Was haltet ihr von einer Fahrt durch Elfringhausen?" Verdutzt schauen wir uns an. „Elfringhausen, wie sollen wir dorthin kommen?" „Mit dem Motor-Dreirad meines Vaters, Typ Mayra 48. Mein Vater fährt, ich sitze hinten in der Klappe, helfe meinem Vater beim Lenken und kann Euch abwechselnd in der Klappe mitnehmen."

Wir schauen erst skeptisch, aber dann sind wir begeistert. Wenn Herr V. mit seinem Dreirad fährt, begleitet ihn sein Sohn Harald und führt Regie, dann ist auch seine Frau beruhigt und weiß, dass Beiden nichts passiert.

Warm angezogen, hat sich Haralds Vater in einen langen Kleppermantel gehüllt. Eine Ledermütze mit Ohrenklappe und eine Schutzbrille lassen ihn wie einen Rennfahrer aussehen, so sitzt er in seinem Dreirad und wartet auf uns.

Unsere Fahrt geht die Hüserstraße herunter. Von der Hauptstraße biegen wir ab in die Elfringhauserstraße bis zum Landhaus Huxel, hier geht es weiter hoch zum Raffenberg. Dann führt der Weg, in vielen Kurven, bergab bis zur Gaststätte Blume. Das Wetter ist sonnig, und wir können den Ausflug genießen. Zurück an der Hüserstraße ist der nächste Fahrgast an der Reihe.

Alle haben wir Spaß bei den aufregenden Ereignissen. Nur der Vater ist am Ende so erschöpft, dass er sagt: "Nach Elfringhausen fahre ich vorläufig nicht mehr."

21 Jungenstreiche mit fatalen Folgen

Hinter unseren roten Ziegelhäusern liegen die Wäschewiesen, sie dienen zum Trocknen und zum Bleichen der Wäsche. Das Betreten der Wiese von uns Kindern ist bei den Erwachsenen nicht gerne gesehen.

Aber heute ist so ein angenehm warmer Tag, dass wir Kinder auf der Wiese tollen, uns über das Gras rollen lassen und nach Herzenslust lachen und glücklich sind.

So kommen wir auf allerhand Streiche. Jetzt heißt es, wer kann am weitesten fliegen. Das Spiel geht so: Die großen Kinder liegen mit dem Rücken auf der Wiese und heben ihre Füße hoch, die kleinen setzen sich auf die Füße und werden mit Kraft und Schwung auf die Wiese befördert, man hört ein Quietschen und Lachen aus Kindermund, wenn die Kleinen über die Köpfe hinweg auf der Wiese landen.

Jetzt ist der kleine und zierliche Heinz an der Reihe, auch er fliegt mit Schwung über den Kopf des Untermanns und landet auf der Wiese, aber nicht lachend, sondern er weint bitterlich. Wir sind alle erschrocken, wollen Heinz trösten, dabei sehen wir, dass sein Arm verdreht ist. Schon ist ein Kind zu Frau S. gerannt. Sie kommt angelaufen, nimmt ihren kleinen Sohn auf den Arm und geht ins Haus. Ein Nachbar sieht uns erschrocken dastehen und fragt: „Was ist los," Wir erzählen was geschehen ist. Er läuft zum Lebensmittelgeschäft Kehrmann und bestellt ein Taxi.

Die Eltern fahren mit ihrem Jungen ins Langenberger Krankenhaus. Der Chefarzt der Chirurgie, Dr. Höfermann, schaut sich den Arm an und sagt: „Der rechte Arm ist leider gebrochen, ich muss ihn richten, und dann wird der Arm in Gips gelegt." Heinz sagt keinen Mucks, er harrt der Dinge, die da kommen. Auf dem Heimweg sagt Frau S.: „Gut dass Du Schulferien hast, wenn Du nicht so tobst, kann der Arm in Ruhe heilen. Auch unsere Ferien in Cuxhaven stehen noch an, da muss unser Heinz, wenn er ins Wasser geht, den rechten Arm hochhalten.

„Wird alles gemacht", sagt Heinz, „aber spielen mit den Kindern der Hüserstraße, das mache ich doch wieder." Da sagen Herr und Frau S.: „Dies darfst Du auch, aber sei auch vorsichtig."

Von den Eltern der daheim Gebliebenen gibt es noch eine Strafpredigt und ein Verbot, die Wäschewiesen zu betreten.

22 Familie Meier

Die Familie Meier wohnt im Nachbarhaus in der ersten Etage. Sie haben zwei Kinder, Friedhelm und Brigitte. Friedhelm ist wohl etwas geistig behindert, er spricht ganz langsam und bedächtig, er hat keine gute Auffassungsgabe. Seine Schwester Brigitte ist ein kluges und hübsches Mädchen. Betreut werden die Kinder von ihrer Oma. Die Oma ist dünn und hat kaum Zähne im Mund. Ihr Alter kann man nicht schätzen, die Kinder aber lieben sie.

Die beiden Kinder sind viel jünger als die Kinder unserer Spielgruppe, sie sind kaum bei unseren Spielen eingebunden.

Frau Meier kann wunderbar Handarbeiten, sie trägt meistens selbst gestrickte Kleider und sieht darin schick aus. Frau Meier hat auch einen Ehemann, aber der ist selten zu sehen. Nun ist Frau Meier oft außer Haus, und die Nachbarn tuscheln. So stehen auch heute die Frauen wieder zusammen und sprechen über Frau Meier. Man sagt: „Heute ist sie wieder ausgegangen. Sie kümmert sich nicht um die Kinder."

Da sage ich ganz empört: „Sie geht doch in den Handarbeitsverein." Die Frauen lachen und sagen: „Da sind aber auch Männer." Ich frage: „Mama was machen die Männer dort?"

Meine Mutter antwortet: „Sie lernen stricken. Jetzt gehst du spielen. Wenn Erwachsene sich unterhalten, haben Kinder nichts dabei zu suchen."

Die Frauen lachen schallend hinter mir her.

Ich ziehe ab, bin total sauer, ich weiß, dass die Frauen mich veräppelt haben.

Ein Jahr später bekommen Meiers noch ein Baby und ziehen aus, in eine größere Wohnung.

23 Die kleine Turnerin

Kommen die Kinder aus der Schule oder aus der Turnhalle, laufen sie jeweils Treppen herunter bis auf die Hüserstraße beziehungsweise bis auf den Bürgersteig. Der Bürgersteig wiederum ist abgesichert mit einem Geländer, der den Schwung des Laufens nicht auf die Straße führen lässt. Es kommen zwar nicht viele Autos, aber Motorräder gibt es doch einige.

In einem der Häuser neben uns wohnt Ursula, jeden Nachmittag kommt sie aus dem Haus, geht zum Geländer, hängt sich an die Stange, erst mit den Händen und dann mit den Füßen, so hängt sie kopfüber am Geländer und schwingt sich hoch und runter oder so hoch, dass sie auf der Stange zum Sitzen kommt. Ursula ist einfach topfit und gelenkig mit ihren sieben Jahren. Das Turnen hält sie über einen längeren Zeitraum durch. Später kommen die Nachbarskinder zu der Stange und versuchen, es ihr nachzumachen, aber schnell gibt die Konkurrenz auf, und so werden andere Spiele ausprobiert.

Ursula trägt immer einen Haustürschlüssel um den Hals. Beide Elternteile gehen arbeiten, sie sind Büroangestellte in einer der Firmen in Bonsfeld.

Die Firmen in Bonsfeld sind zahlreich, dort gibt es die Firmen Conce und Colsman (Seidenweberei), Spitznas und Köllmann (Maschinenfabriken), Metall und Kalt, und die Firma Kupfer und Messing (Walzwerke). Erst ab 1881 konnten sich diese Firmen Langenberg zugehörig fühlen. Die Stadt, vertreten durch ihren Bürgermeister, und die Firmeninhaber hatten lange um die Zugehörigkeit zu „Langenberg" kämpfen müssen. Für die Langenberger gab es reichlich Arbeit. Weitere Arbeiternehmer wurden aus dem nahen Umfeld mit Bussen und Bahnen zum Arbeitsplatz gefahren.

Zum Wochenende kommt Ursula nicht zum Turngeländer, denn dann sind die Eltern vorrangig. Die Eltern unternehmen viel mit ihrer Tochter, und alle zusammen haben sie viel Spaß.

24 Brave Jungs?

Heinz ist allein zu Hause, da schellt es an der Tür, er läuft schnell runter und öffnete einen Spalt die Tür, wie es ihm die Mutter geheißen hat, um sie, falls Fremde vor dem Haus stehen, schnell wieder zu schließen. „Oh wie schön", sagt er, denn es ist sein Freund Reiner.

„Komm herauf, ich bin allein, meine Mutter ist zum Einkaufen gegangen und Dietmar hat sich mit einem Freund verabredet." „Was hast du in der Hand?"

„Schau Heinz, dies ist eine Fletsche, damit kann man schießen, hier fehlt nur das Gummi, es ist gerissen."

„Da kann ich dir aushelfen und zwar mit einem Gummiring eines Einmachglases."

„Das ist prima, hast du auch Wurfgeschosse"

„Da muss ich einmal in die Schubladen schauen. Knöpfe?"

„Besser nicht, sie fehlen sonst Deiner Mutter."

Da ruft Heinz: „Wie wäre es mit getrockneten Erbsen und Bohnen?"

Die Haushaltstüten für die Suppen werden geöffnet, und jede Menge Erbsen und Bohnen heraus genommen. Die Beiden gehen zum Wohnzimmerfenster, machen es auf und schauen auf den Hof. Die ersten Versuche gelingen nicht gut, auch kommt man nicht besonders weit. Das Gummiband ist zu stramm.

Nun kommen sie auf die Idee, ein Unterhosen-Gummiband aus Mutters Näh-kästchen zu stibitzen.

Auf der gegenüberliegenden Seite des Hofes hat Frau Nies ein Tulpenbeet an-gelegt, die Tulpen stehen in voller Blüte in den schönsten Farben, rot, gelb, orange und rosa und mehr.

Jetzt kann das Gummi langgezogen werden und es kommt mehr Schwung auf die Fletsche.

„Heinz, Heinz, wir haben ein paar Tulpen erwischt, sie sind zu Fall gekom-men!"

„Jetzt lass mich einmal ran," sagt Heinz.

So gibt der Nächste Feuer auf die leuchtenden Tulpen.

Eh die Jungs zu Besinnung kommen, sieht das Blumenbeet wie ein Schlachtfeld aus. Sie halten inne und schauen auf das zerstörte Feld. Sie können es selber nicht fassen. Was haben sie angestellt? Sie schauen auf pure Verwüstung.

In Windeseile schließen sie das Fenster, da hören sie auch schon Frau Else kom-men. Was sie noch in der Hand haben, wird in den Hosentaschen verstaut. Nun sitzen sie brav auf den Küchenstühlen.

Die Mutter fragt: „Na, habt ihr schön gespielt?" Kleinlaut sagen sie: „Ja."

Reiner sagt: „Ich muss jetzt gehen."

Frau S. wundert sich über die stillen Jungs.

Brave Jungs?

Am Nachmittag kommt die Lösung. Frau Nies ruft: „Else, Else schau in meinen Garten, meine Blumen sind alle zerstört, und ich hatte so viel Spaß daran.

Eine Stunde später sieht man Heinz und Reiner mit Besen, Eimer und Dreckschippe den Bürgersteig vor dem Haus fegen, anschließend kommt der Hof dran und die Blumen werden gerichtet, ein paar haben überlebt.

Da kommt Frau Nies aus dem Haus, sie gibt jedem Jungen 10 Pfennig und sagt:

„Ihr seit brave Jungs."

Heinz und Reiner

68

25 Eine Seefahrt, die ist lustig

eine Seefahrt, die ist schön,

hier kann man Heinz und Reiner mit der Zinkwanne fahren sehen.

Sie haben Spaß und das ist gut,

sie haben keine Angst vor Sturm und Flut.

Auch wenn der Arm ist verletzt,

den Seemann Heinz dies nicht in Panik versetzt.

Am Hafen stehen Lydia und Else

und schützen sie vor jedem Felse.

Eine Seefahrt, die ist lustig

Das Lachen schallt in allen Ecken,

da könnt man gleich die Zwerge wecken.

Bis in den frühen Abend rein,

wollen sie in ihrer Wanne sein.

Dann geht es ab ins Bett dem weichen,

erst morgen geht's los zu neuen Streichen.

26 Rodeln auf dem Böhmesweg

Es hatte tagelang heftig geschneit, und wir Kinder konnten trotz des vielen Schnees nicht raus zum Schlittenfahren.

Aber Gott sei Dank hat Reiner noch seine Eisenbahn von Weihnachten im Wohnzimmer stehen, sie steht spielbereit. „Mutti, darf der Heinz zu uns kommen, ich würde ihn gerne fragen, ob er mit mir Eisenbahn spielen möchte."

„Natürlich mein Junge", sagt Frau B., „er darf kommen, aber Deine Schwester Brigitte sollte auch mit eingebunden werden, wenn sie möchte."

„Mutti, das machen wir schon, ich lauf schnell zu Heinz rüber und frage ihn."

Heinz war sofort einverstanden, er hatte sich auch schon ein bisschen gelangweilt.

Zu Dritt haben sie nun auch viel Spaß, Brigitte übernimmt die Schaltung der Signale, obwohl die Jungs mit ihrer Arbeit nicht immer einverstanden sind. Zum Ausgleich bringt ihnen Frau Lydia Weihnachtsplätzchen und eine Tasse Kakao. Die Drei sind wieder versöhnt und versprechen sich: „Sobald das Wetter besser wird, gehen wir zum Rodeln."

Nach zwei Tagen ist es dann soweit, das Schneetreiben hat sich gelegt, und die dicke Schneedecke lockt zu Wintersportfreuden ein. Der Böhmesweg wird ausgeguckt zum Schlittenfahren.

Rodeln auf dem Böhmesweg

Der Böhmesweg hat eine steile Abfahrt, so bekommt man richtig Schwung auf die Kufen.

Alle Drei sitzen auf dem Schlitten, vorne Heinz, dann Reiner und zum Schluss Brigitte. Der Böhmesweg führt von der Hüserstraße durch eine schmale Gasse, rechts das Feld, links die Gärten, so dass der Schlitten sicher ins Tal gleitet und noch weit bis zur Hauptstraße ausläuft. Aber das Hochlaufen zur Hüserstraße ist mühsam. Der Weg ist glatt gefahren und sehr schmal, schwierig zu laufen, und ständig kommt der nachfolgende Schlittenverkehr. Alle Kinder ziehen ihren Schlitten über das Feld.

Der Böhmesweg ist auch der Weg, der zur Firma Conce und Colsman führt. Es wird dort in drei Schichten gearbeitet. Den Arbeitern und Angestellten, die dort ihr Geld verdienen, genau wie den Kindern, bleibt nur die Möglichkeit, über das Feld zu gehen. Ich glaube, über diesen Umweg hat sich niemand der Berufstätigen beschwert,

man hat den Kindern diese Freude gegönnt.

27 Sonntagsspaziergang

Es ist bei uns, Familie Goldmann, Tradition, wenn das Wetter trocken und schön ist, einen Sonntagsspaziergang zu unternehmen.

Unser Weg führt uns vorbei an Wiesen und durch Wälder. Die Richtung ist immer gleich, zuerst geht es hinauf in Richtung Sender, von dort haben wir die Möglichkeit, verschiedene Wege einzuschlagen.

Unser Ziel ist einmal „Haus Flasdick". Hier gibt es den leckersten Pflaumenkuchen weit und breit. Unter den Pflaumenbäumen sind Tische und Stühle aufgestellt und überall riecht es nach Pflaumen, die Wespen die herum schwirren beachten wir einfach nicht.

Der zweite Wanderweg führt uns durch den Wald hinunter bis auf die Fellerstraße, dann weiter zur Gaststätte „Blume". Dieser Weg ist weit. Mein Vater marschiert voran und meine Mutter und ich jammern. Ich sage „Papa, wir können nicht mehr laufen." Papa sagt: „Wir haben es gleich geschafft und dann gibt es Kuchen und eine Erfrischung." Zufrieden sitzen wir dann in der gemütlichen Gaststube, hier ist es schön kühl, Sonne haben wir an diesem warmen Tag genug gehabt.

Auch heute machen wir wieder einen Spaziergang, aber wie gut, heute soll es nur bis zum Bauern Backhaus gehen. Meine Eltern haben sich mit den Bauersleuten verabredet. Ich freue mich schon auf die Tiere und den Hofhund, ich kann spielen und die Tiere streicheln. Meine Mutter ruft mir noch zu: „Rose, mach Dich nicht schmutzig."

Während meine Eltern bei Kaffee und Kuchen sitzen laufe ich über den Hof, hier läuft die Gülle von den Ställen runter in den Obstgarten, weiter nicht schlimm, aber ich rutsche auf der Gülle aus und falle hinein. Oh, wie schrecklich, mein schönes Kleid ist schwarz von der Gülle und ich stinke furchtbar. Ich laufe zu meiner Mutter und zeige mein Missgeschick.

Sie schimpft und sagt, „Das darf doch nicht wahr sein, wie alt bist Du, dass Du nicht aufpassen kannst."

Mein Papa meint, „Rose, sei nicht so stürmisch du bist doch kein Junge."

Ich bin beschämt und traurig zugleich. Ich drehe mich um und laufe so schnell ich kann nach Hause.

Zuhause treffe ich auf Eckhard und er staunt: „Mein Gott,wie siehst Du denn aus?" Ich erzähle was passiert ist. „Laß mich ins Haus." sage ich. Er fragt: „Hast Du denn einen Wohnungsschlüssel?" Den hatte ich natürlich nicht.

Nun sitze ich bedröppelt auf der Speichertreppe, die alte Arbeitskleidung meines Vaters hängt hier. Ich habe mein Kleid ausgezogen und eine Arbeitsjacke von meinem Vater angezogen. Hoffentlich kommen meine Eltern noch lange nicht nach Hause, ich will auf der Treppe alt werden und verhungern.

28 Die neuen Kleider

„Rose, Rose", ruft meine Mutter, „steh schnell auf, ich habe schon Frühstück auf dem Tisch stehen!"

Ich bin sofort wach, denn ich weiß, wenn das Wetter schlecht ist, haben wir etwas Besonderes vor. Mein erster Weg geht zum Fenster, oh ja, ich sehe es schon, es regnet. „Mama, ich komme sofort", rufe ich.

In der Küche steht meine Mutter am Tisch und schüttet den Tee in die Tassen. Die Nähmaschine[2] steht auch schon neben dem Tisch. „Mama, wie hast du die schwere Nähmaschine in die Küche geschoben?"

„Papa hat mir geholfen, bevor er zur Arbeit ging. Jetzt wasch Dir das Gesicht und die Hände, zieh Dich an und setz Dich aufs Sofa."

Schnell erledige ich alles und ruck, zuck sitze ich auf dem Sofa.

Nach dem Frühstück hole ich meine Puppen Gisela, Sonja und Mathilda. Gisela ist eine Schildkrötpuppe, Sonja ist aus Pappmaschee. Ich hatte mir im letzten Jahr zu Weihnachten echte Haare zum Kämmen für Sonja gewünscht. Meine

---

2   Ein großes Eisengussgestell ist der stabile Rahmen der Singer-Nähmaschine. Auf dem Nähtisch liegt die Mechanik der Nähfunktion. Der Antrieb erfolgt mit einem gleichmäßigen Bedienen des Fußtrittes, dadurch wird der Keilriemen in Bewegung gesetzt und die Maschine zum Arbeiten beziehungsweise Nähen gebracht. Nach dem Gebrauch wird die Maschine mit einer Deckhaube wieder verschlossen, damit die empfindliche Mechanik geschützt wird.

Eltern und das Christkind haben mir diesen Wunsch erfüllt. Meine Puppe wurde zum Friseursalon Feickert gebracht, als Gesellenarbeit bekam der Lehrling den Auftrag, eine Perücke zu knüpfen. Leider ist dort der Kopf zerbrochen. Nun musste ein neuer Kopf her, den man bei der Firma Schildkröt besorgte. Mathilda ist ein Geschenk von meinen Großeltern, sie ist eine handgefertigte Stoffpuppe, der Körper wurde mit Rosshaar und Füllwatte gestopft, daher haben Kinder ein angenehmes Gefühl, wenn sie die Puppe in die Hand nehmen. Wie eine gute Puppenmutter liebe ich alle meine Puppen sehr.

Nun sollen meine Puppen Sommerkleider bekommen. Meine Mutter hat den Stoff gekauft, dazu Knöpfe und Litze. Sie berät mit mir, wie die neuen Kleider aussehen sollen. Meine Mama hat einen guten Geschmack, und ich vertraue ihr blind. Gisela und Mathilda bekommen luftige rosa Kleider. Sonja hat einen dickeren Bauch, da muss das Kleid lockerer fallen, sagt meine Mutter. Ihr Kleid ist weiß, darüber trägt sie ein rosa Jäckchen.

Zu Mittag machen wir eine Pause, es gibt Kartoffelsalat und Würstchen. Zum Nachtisch gibt es eine Tasse Kakao und einen Keks. Das Kakao-Pulver kam von meinen Tanten aus Amerika, die uns von Zeit zu Zeit mit Lebensmittel versorgten. Die Milch dazu kam von unserer Ziege, oder man holte Kuhmilch beim Bauern. Ich bin schon ganz wirbelig und bitte Mama, weiter zu nähen.

Mein Papa kommt von der Arbeit, und ich zeig ihm die bereits fertigen Kleider. Er sagt: „Das sieht ja wunderschön aus, Rose, da bedank' dich bei Deiner Mutter." „Mach ich gerne Papa."

Am späten Nachmittag sind alle Kleider fertig. Drei Puppenkinder stehen mit neuem Outfit auf dem Küchensofa. *Ich bin glücklich.*

29 Überraschungen der Natur

Die Pausenklingel läutet, schon wollen die Kinder aufspringen, da sagt der Lehrer: „Ich habe eine Bitte an Euch. Gestern war Herr Sondermann hier, ihr wisst, er besitzt am Sender ein Waldstück. Die Jagd und die Pflege der Wälder und der Tiere gehört zu seinen Aufgaben. Herr Sondermann hätte gerne für das Rotwild[3] Kastanien für die Winterfütterung. Nun ist September, und die Kastanien fallen reif von den Bäumen. Er lässt fragen, ob ihr Kinder sie aufsammeln könnt, er verspricht auch, Geld für die Klassenkasse zu geben, zum Beispiel könnten wir für das Geld die Flure streichen lassen."

Es geht ein Raunen durch die Klasse, aber keiner sagt etwas.

„Bernd, was sagst du dazu?"

„Ich denke, Kastanien würden wir schon aufsammeln, aber das Geld zum Streichen der Schule zu nutzen, finden wir nicht gut."

„Harald, Eckhard was sagt Ihr dazu?"

„Wir wollen es besprechen, aber einen Weltatlas für den Erdkundeunterricht fänden wir auch schön."

„Mir soll es recht sein", sagt Herr Klinger. „der Wunsch soll in Erfüllung gehen."

---

3   Rotwild sind Hirsche und Rehe

Überraschungen der Natur

Nun werden jeden Tag auf der Oststraße, dort stehen die großen Kastanienbäume, emsig Kastanien eingesammelt. Auch andere Klassen, zum Beispiel die Klasse von Dietmar, beteiligen sich daran. Unser Hausmeister nimmt die vollen Eimer und Körbe in Empfang. Die Aktion ist ein Erfolg.

Die Jungs haben sich die schönsten Kastanien in die Hosentaschen gesteckt. Zuhause werden die Schätze verglichen und bestaunt. Nun brauchte man einen Ort zum Aufbewahren. Nach einigem Hin und Her werden die Kastanien in eine Zigarrenkiste gelegt und neben dem Toilettenhaus von Dietmar und Harald auf dem Hof vergraben. Dann vergisst man die Schätze. Bis schließlich kleine Triebe am Toilettenhäuschen sprießen. Aber nach ein paar Jahren, ohne dass es uns allen bewusst ist, stehen hier Bäume, höher als das Toilettenhaus. Es muss etwas geschehen. Es besteht schon die Gefahr, dass die Wurzeln der Bäume die Toilettenauffangwanne beschädigen. Eltern und Kinder beraten sich, und dann steht es fest, die Bäume müssen gefällt werden, auch der Durchgang zum Garten soll wieder begehbar sein. Leider müssen wir den Traum von den eigenen Kastanien vor der Haustür begraben.

30 Das Glaskugelspiel

Wer hockt auf dem Bürgersteig, frage ich mich, und gehe näher heran. Was machen beziehungsweise was spielen die Kinder hier? Auf dem Bürgersteig rollen Glaskugeln, genannt Murmeln, in ein Loch. Unser Bürgersteig auf der Hüserstraße ist nicht asphaltiert, er besteht aus fest getretener Erde. So kann man wunderbar Löcher ausheben, und diese dienen bei dem Spiel als Kuhle für die Murmeln.

Brigitte

Auf dem Bürgersteig reden aufgeregt Brigitte, Dietmar und Heinz, sie sind emsig bei der Sache, sie haben mich nicht kommen hören. Ich frage: „Was macht Ihr?" Und schon sehe ich, wie sie eifrig die Murmeln werfen. Bei jedem Treffer ertönt ein Jubelschrei.

Das Glaskugelspiel

Dann sagen sie: „Wer die meisten Murmeln in der Kuhle hat, ist Gewinner."

„Wie erkennt ihr, welche Murmel zu wem gehört?"

„Da kannst Du ganz beruhigt sein, nach Farbe und Muster kennt jeder seine Murmeln genau."

Familienfoto von Else, Heinz, Dietmar und Otto

„Willst Du auch mitspielen?"

„Ja gerne", sage ich. Aber da kommt schon die übrige Clique, jeder möchte seine Murmeln rollen lassen, und ohne Glaskugeln bin ich abgemeldet.

31 Der Fellershof

Der Fellershof auf der Fellerstraße ist ein Begriff. In der zweiten Generation wohnt die Familie Temme Wortberg hier und bewirtschaftet den Hof.

Besitzer des Hofes ist die Firma Conce & Colsman. Wie mir mein Vater erzählte, haben sich die Bauern oder Gutsbesitzer in früheren Jahren bei den Fabrikanten Geld geliehen. Solange diese Schuld nicht getilgt war, galt der Besitz als Sicherheit.

Heute, am 13. April, bin ich bei meiner Schulfreundin Liesel eingeladen. Ich freue mich schon sehr auf einen schönen Nachmittag und auf die Tiere im Stall und auf dem Hof.

An der Tür wird mir gleich geöffnet, und der Hofhund Nelli empfängt mich mit heftigem Schwanzwedeln. Ich begrüße Liesel und gratuliere Ihr zum Geburtstag. Als Geschenk habe ich drei Taschentücher in buntes Papier eingewickelt und sie Liesel mitgebracht. Die Stube ist schon voll, Frau Wortberg, Liesels Mutter, begrüße ich, ebenfalls den Bruder Heinz und die Cousine Annegret und die Cousins Alfons und Hans. Liesels Tante Anna steht am Tisch und legt das Besteck zurecht. Sie freut sich, mich zu sehen und bietet mir einen Sitzplatz neben Liesel an.

Der Fellershof

Liesel zeigt mir einen Riegel aus Schokolade. Jedes Schokoladenstück hat eine andere Füllung, da gibt es Himbeere, Erdbeere, Orange und einiges mehr. Jetzt wird die Schokolade verteilt, und es schmeckt uns Kindern gut.

Nach dem Kaffeetrinken beziehungsweise nach Milch, Kakao und Kuchen gehen wir in den Stall. Die schwarz-weißen Kühe schauen mich an und begrüßen mich mit einem Muh, Muh, sie gefallen mir gut. Aber erst die kleinen Ferkel, sie sind so süß, dass ich sie am liebsten auf den Arm nehmen würde, aber davon rät mir Liesel ab und sagt: „Sie sind im Stall und Du machst Dir Deine Kleider schmutzig." Lange schaue ich auf die süßen und munteren Schweinchen.

Liesel sagt: „Ich muss Dir noch etwas zeigen." Sie geht mit mir zum nahe gelegenen Teich und sagt: „Hier laufen wir im Winter Schlittschuh, da musst Du auch einmal kommen."

Ich rufe: „Das kenne ich doch auch, das Fischerhäuschen hier am See, da hat doch auch Frau Hecht mit ihrer Tochter Gisela gewohnt. Sie sind nach dem Krieg von Ostpreußen hierher gezogen." „Ja", sagt Liesel, „das waren nette Leute. Und siehst Du da hinten den Fellersbach, im Sommer wird der Bach aufgestaut, damit wir schwimmen können."

„Das ist ja toll, was gibt es bei euch alles zu unternehmen da komme ich gerne wieder", sage ich.

Der Anfang für eine lange Freundschaft ist gemacht!

32 Annemarie dreht auf

Oder *Annemarie nimmt Rache!*

Ja, so habe ich Annemarie noch nicht erlebt, obwohl wir jetzt ein Jahr zusammen zur Schule gehen.

Meine Schulfreundin Annemarie wohnt auf der Oststraße, dort haben wir uns heute zum Spielen verabredet. Ich habe meine Stelzen mitgenommen, denn wir wollen auf der Oststraße, weil es dort schön gerade ist, mit den Stelzen, die unsere Väter selbst gezimmert haben, laufen üben. Nachdem wir ein paar mal hin und her gelaufen sind, fliegen Steine vor uns auf den Boden, dann sehen wir ihn auch schon, den wilden Gerd, und wir rufen: „Lass das Werfen mit Steinen sein, wir wollen nicht fallen." Aber schon werden die nächsten Steine geworfen. Wir drehen uns um und laufen in Richtung Langenberg, obwohl die Straße hier wieder ansteigt. Aber auch hier verfolgt uns Gerd, rennt vor uns her, so dass wir stehen bleiben müssen beziehungsweise zum Absteigen gezwungen sind.

Da schmeißt Annemarie einen Stelzen in den Graben, den anderen nimmt sie hoch schwingt ihn durch die Luft, geht auf den großen breiten Gerd zu, um ihn damit zu verjagen.

Jetzt kann man den Wilden vor Angst laufen sehen, aber Annemarie, nicht faul, läuft hinter ihm her. Gerd läuft bis zu seinem Wohnhaus und hinauf in den Garten. Ich kann die Beiden nicht mehr sehen, packe die restlichen Stelzen unter

Annemarie dreht auf

den Arm und renne zum Geschehen. Da sehe ich, Gerd läuft zum Gartenhaus, reißt die Tür auf und geht hinein, Annemarie ist auch schon an der Tür, sie schiebt blitzschnell den Riegel zu.

Da ruft Gerd: „Laßt mich raus!" Aber wir denken gar nicht daran, er kann noch so lange rufen. „Annemarie", sage ich, „das hast Du großartig gemacht, hattest Du keine Angst?" Annemarie sagt: „Der Blödmann hat uns doch schon oft geärgert, hoffentlich hat er nun die Nase voll."

Da lachen wir aus vollem Herzen und freuen uns der gelungenen Tat.

33 Bei Annegret Zuhause

Die großen Schulferien haben begonnen. Heute am Dienstag, es ist der zweite Ferientag, möchten wir Annegret besuchen. „Wir", das sind Annemarie und ich. Festgemacht wurde der Termin in der letzten Schulwoche. Annegrets Mutter wurde gefragt, ob wir kommen dürften, sie war einverstanden. Und so freuten wir uns schon auf große Abenteuer. Der Weg zu Annegret ist weit, sie wohnt am Sonnenhang.

Um die Mittagszeit gehen wir los, die Hüserstraße laufen wir runter, dann überqueren wir die Bonsfelderstraße und sind auf der Heegerbrücke. Hier bleiben wir stehen und schauen auf die Bahngleise, da sehen wir die Lokomotive, die mächtig viel Dampft ausstößt, denn sie braucht Kraft für die anhängenden Personenwagen. Sie fährt mit ohrenbetäubendem Lärm unter der Brücke durch. Ich rufe: „Annemarie, wo bist Du?" „Hier, ich sehe Dich auch nicht!" Beide lachen wir voller Freude, denn der Wasserdampf der Lokomotive hat uns total eingehüllt, und wir sehen nichts mehr. Wir bleiben so lange stehen, bis von dem weißen Dampf nichts mehr zu sehen ist.

Annemarie sagt: „Das war eine gute Schau, aber wir müssen weiter."

Jetzt kommt der anstrengende Teil des Weges. „Gut, dass heute schönes Wetter ist", sage ich, „da können wir uns Zeit lassen." Annemarie sagt: „Ich möchte aber schnell bei Annegret sein, also mach voran." „Mach ich schon," sage ich.

Bei Annegret Zuhause

Der Weg geht steil durch den Wald, und wir bleiben ein paar mal stehen, nicht weil wir müde sind, sondern wir schauen runter auf die Straßen, auf die Häuser, auf die Fabrik Kupfer- und Messing. Weiter oben können wir auch auf die obere Hüserstraße schauen, aber Personen erkennen wir nicht.

„Oh, sieh da", ruft Annemarie, „noch eine Kurve und wir stehen vor Annegrets Haus." Und dann ist es geschafft. Annegret läuft uns schon entgegen. Sie sagt: „Kommt schnell und ruht euch aus, wir haben draußen einen Tisch mit Stühlen hingestellt und einen Imbiss gibt es auch." Da staunen wir, auf dem Tisch steht ein selbstgebackener Stuten, Marmelade und Himbeersaft. Wir langen tüchtig zu. „Was ist es hier schön, das Haus steht mitten im Wald wie im Märchen", sage ich.

Annegret meint: "Gleich kommt noch mein Freund Siegfried, er ist etwas älter als wir, aber sehr nett." Wir lassen uns nicht aufhalten und streifen schon einmal durch den Wald. Da gibt es viel zu sehen und zu sammeln. Wir nehmen unseren Rock hoch und sammeln Tannenzapfen, Moos, kleine Äste, Eicheln vom letzten Jahr und ich weiß nicht was noch Alles. Dann gehen wir zurück zum Haus.

Annegrets Mutter bringt uns Papier, um unsere Schätze einzuwickeln. Dann kommt Siegfried, er erzählt uns aktuelle Neuigkeiten und Geschichten. Wir würden gerne noch weiter zuhören, aber er muss leider wieder gehen.

„Möchtet ihr ein Vogelnest sehen?" flüstert Annegret. „Oh ja gerne", sagen wir. Leise gehen wir in den Garten. Ein Meisenpärchen fliegt eifrig hin und her, in ihren Schnäbeln baumeln Würmer und Insekten. Die beiden fliegen zu ihrem

Nest, und wir sehen, wie sich dort vier oder fünf kleine Köpfchen recken und ihre Schnäbel öffnen. Mama- und Papa-Vogel lassen die guten Sachen in die kleinen Mäulchen fallen. Aber dann schreien die Kleinen schon wieder und die Eltern fliegen wieder hin und her, um neues Futter zu suchen.

Frau R. ruft: „Kommt Kinder, es gibt noch etwas zu essen, Kartoffelsalat und Würstchen." Da bekommen wir Hunger und setzen uns schnell hin. Jetzt sehen wir auch Annegrets jüngere Schwester. Sie sagt: „Ich hätte auch gerne mit Euch gespielt, aber ich habe bei der Nachbarin gesessen und ihr vorgelesen, sie kann so schlecht sehen, da freut sie sich, wenn ich komme."

„Das ist aber lieb von Dir", sagt Annemarie und ich pflichte ihr bei.

Da ruft Frau R.: „Kinder jetzt müsst ihr aber nach Hause gehen, es ist halb sieben, und ihr habt noch einen weiten Weg vor Euch ." Schnell nehmen wir Abschied und bedanken uns. Annegret sagt: „Mama, ich begleite die beiden noch ein paar Meter."

Auf dem Heimweg sagen wir uns, das war ein schöner Tag.

34 Einladung zum Tanz in die Folkwangschule

Da staunen wir, Harald erzählt uns, dass er einer Vorstellung in der Folkwang-Schule Essen Werden beigewohnt hat. Die Einladung kam von Eleonore, sie studiert dort.

Bei unserer Nachbarin Frau Nies ist eine junge Frau eingezogen, sie geht zur Kunstschule Folkwang und lernt dort Tanz und Gesang. Viel haben wir von ihr nicht gesehen. Sie ist uns zwar mit ihren weiten bunten Kleidern aufgefallen, und wir haben uns auch freundlich begrüßt, aber sonst nicht mit ihr gesprochen, bis vor einigen Tagen. Der Kontakt kam über unseren Harald.

Beide, Eleonore und Harald, sitzen im Hof auf der Bank, dann kommen wir, Dietmar, Eckhard, Bernd und ich, hinzu. Harald sagt: „Setzt euch doch." Da wird der Eimer umgestülpt, die Holzkiste hochkant gestellt, der Klotz, worauf das Brennholz gespalten wird, herangezogen, und ich bekomme noch einen Platz auf der Bank.

Als wir alle gemütlich im Kreis sitzen, erzählt Eleonore, wie schön sie es hier findet und was für nette Menschen sie hier getroffen hat. (Dazu gehört sicher der große, hübsche Junge, er hat einen fesselnden Eindruck auf die junge Frau gemacht.) Dann erzählt sie von ihrer Leidenschaft, dem Tanzen. Wir sind beeindruckt.

Wie wir heute hören, haben sich die beiden oft getroffen und haben lange Spaziergänge gemacht. Was sie sich alles erzählt haben, wurde nicht verraten.

Es war ein schöner Nachmittag mit vielen neuen Eindrücken.

35 Die Bonsfelder Schlittenfahrt

Die Winter in den Jahren 1949 und 1950 waren von Eis und Schnee geprägt.

Für uns Kinder ein Vergnügen, denn mit dem Schnee kam auch das Schlitten-fahren. Wir kamen von der Schule nach Hause, schnell wurde zu Mittag geges-sen und wurden die Hausaufgaben gemacht, und dann ging es auf die Piste.

Warm angezogen den Schlitten am Strick genommen, trafen wir Kinder uns auf der Hüserstraße. Jetzt ging es eine gute Strecke bergauf bis zum Bauer Paaß am Rommel. Von hier aus starteten wir die große Schlittenfahrt. Die Straßen waren nicht gestreut, es kam zu dieser Zeit selten oder gar kein Auto. Die Straße fiel steil ab und es ging in voller Fahrt talwärts. Eine scharfe Rechtskurve kam nach einigen Metern, die wir links ansteuerten und schnell das Ruder wieder nach rechts nahmen.

Schnell fuhr der Schlitten an Wald und Wiesen vorbei, wir mussten aufpassen, nicht rechts den Berg runter zu rutschen, denn die Straße hatte zum Abhang der Wiese keine Art von Befestigung. Die erste Flaute kam auf dem geraden Stück bei Bauer Kampmann. Wenn man nicht genug Tempo hatte, musste der Schlit-ten bis zur Steinkuhle gezogen werden. Von hier aus lockten wir das Echo her-aus mit den Worten: „Wie heißt der König von Wesel?" Heraus kam die Antwort: „Esel".

Die zweite Stelle, die unsere Aufmerksamkeit forderte, war der Kanaldeckel in Höhe der Schule Hüserstraße. Verpasste man den Deckel, fuhr der Schlitten geradeaus, und man landete in Opa Schäfers Schweinestall. Dann musste die Fahrt unterbrochen werden, um die Richtung zu ändern. Wegen des sanften Gefälles brauchte man wieder Schwung für die Weiterfahrt. Traf man aber den Kanaldeckel, dann ging es talwärts über die Bonsfelderstraße hin bis zur Heegebrücke. Der Schutzmann Weis, der die lärmenden Kinder schon von Weitem kommen sah, lief zur Kreuzung und hielt kurzer Hand ein Auto oder auch einmal die Straßenbahn an.

Abends gingen wir todmüde nach Hause, wo erst mal ein Fußbad – von der Mutter schon vorbereitet – genommen wurde, um unsere „Eisbeine" wieder aufzutauen, denn wir hatten nicht das Schuhwerk wie heute, und für Mädchen gab es keine langen Hosen.

Als wir Kinder dann fest schliefen, zog es die Erwachsenen auf die spiegelglatte Piste. Mein Vater hatte mit seinen Brüdern einen Schlitten gebaut, auf dem vier Erwachsene Platz hatten. Vorne saß der Schlittschuhfahrer und lenkte. Als Bremsen waren rechts und links Heckenscheren angebracht, die bei Bedarf gezogen werden konnten.

So hatten die Kinder und die Erwachsenen Spaß an der

„Bonsfelder Schlittenfahrt".

Von *Christel Münchow*